U0938571

倚晚晴樓詩稾二編

胡國賢古典詩集

JPC
H K

目錄

物色篇

觀遊篇

師友篇

親情篇

志懷篇

藝文篇

自序

詩論二題

其一・論古體詩

誰道鐐枷故步封，珮環搖曳透玲瓏。應知律切情尤切，
當解詞工意亦工。韻限何傷才噴薄，格嚴難礙理圓融。
毋憑體式論深淺，今古詩心一脈同。

其二・論現代詩

量體裁衣現代風，不拘一格化無窮。華洋混雜原閒事，
文白交纏見底功。百載風騷誰敢領，三分人力孰能通。
真深但得親新意，來日掣鯨詩海中。

逾六十年創作竟不輟有感

蹉跎七十九，藝圃今回首。古典啟童蒙，志學文會友。
結社渡輪中，取名曰文秀。星島放胡言，說愁眉強皺。
應邀組藍馬，自珍慚敝帚；發憤攻現代，方知天地厚。
石室艷驚迷，橫空藍色獸。文社退狂潮，學苑機緣湊。
畢業創詩風，五子相持守；輾轉十二年，痛斷連絲藕。
詩雙網絡承，復聯三地友；寫編論講評，一去四旬久。
花甲驀轉身，回歸絕律舊；量體慣裁衣，竟任枷鐐扣。
貿窺虎度門，粵劇新編就；孔子與姜夔，高台舒廣袖。
盟鷗倚晚晴，自娛師五柳；天若假餘年，起衰當抖擻。

莫雲漢序

百餘年前，一場新文化運動，洶湧而出，傳統古典文學，即起翻天覆地巨變。胡適「八不主義」，力詆古文之弊，更言「文須廢駢，詩須廢律」。蓋謂古典舊詩，多不合「文法」，而又受聲律規範，只得堆砌詞藻，陳陳相因，無病呻吟云云。其《嘗試集》即以所謂「活文字」之「白話」入詩，「新詩」遂乃不脛而走，並與舊詩對立，勢成水火。

然自此而後，多年以來，古典舊詩仍不絕天壤之間。新文學作家如茅盾，固提倡新詩，但又謂以「個人的愛好，卻也有時口占幾句（舊體詩），聊以志感」。而聞一多更有詩紀其「懸崖勒馬」，云：「六載觀摩傍九夷，吟成鴂舌總猜疑。唐賢讀破三千紙，勒馬回韁作舊詩。」大概舊體詩有其聲律規格，恰與中國文字配合，而成優美精緻之藝術品。

波斯詩人奧瑪珈音（一〇四八——一一三一）《魯拜集》詩，其中一首郭沫若以「新詩」翻譯：「啊，我生將謝請為我準備酒漿，生命死後請洗滌我的皮囊，葬我在綠葉之下，間有遊人來往的花園邊上。」物理學家黃克孫（一九二八——二〇一六）則譯以七絕：「一旦魂歸萬事空，勞君傾酒洗萍蹤。遺身願裏葡萄葉，葬在名花怒放中。」文有文體，詩有詩體，凡為詩文，得其體，始得其韻味。黃氏之譯，存乎詩體之格律，其韻味及語感，與郭氏之譯，可判而別也。

數十年前之香港，文藝風氣頗盛，文藝青年多組織文社詩社。其時已得識文社中堅羈魂先生大名，後來拜讀其〈廟街榕樹頭〉新詩，更感親切，因為我之童年，亦在此度過。當時榕樹頭一帶，日日可聽《帝女花》、《鳳閣恩仇未了情》，以至南音如《客途秋恨》等名曲。諸曲之歌詞，皆典雅優美，如詩如畫，直如古典舊詩無異。而羈魂、即胡國賢校長，自言小學階段受「粵語戲曲片」之薰染，沉浸於「古典」氛圍，此時種下之根芽，不意隔代開花結果，促其後來編撰粵曲、粵劇，並轉寫舊體詩。其《倚晚晴樓詩藁・新詩轉身粵劇有感》云：「新秀名家樂轉身。管他華麗抑清貧。跋山豈只尋崎徑，涉水何曾失要津。現代詩風仍納舊，初編粵劇務推陳。拙才尚望融今古，石室梨園隔代親。」又同書〈寫詩六十年有感・其二〉云：「新詩多舊作，舊體乃新成。古典融今意，今詞蘊古情。半生枯筆弄，滿紙陷蛙鳴。花甲終無悔，從心豈與爭。」皆紀其由「新」轉「舊」之心路歷程。昔聞一多因「讀破唐賢」而「勒馬回韁」，胡校長則因典雅之「粵曲薰染」而「華麗轉身」，可謂後先輝映，為詩壇佳話。

今胡校長又將近年所作舊體，輯成新書《倚晚晴樓詩藁．二編》。因其具新舊文學功底，故在舊體而能融入新意，意到筆到，舉重若輕。胡校長近有〈論古體詩〉及〈論現代詩〉以寄意（原文見前〈自序〉），仍秉承「古典為貌，現代為神」之旨，而其詩作確具此旨也。

前時之「五四」百周年，我有論文〈胡適「八不主義」評議〉，末用十首絕句以總結全篇，第十首云：「百年回首痛斯文，墜緒誰尋再起軍。想像詩騷重整合，何難爨下救餘焚。」胡國賢校長整合詩騷，新軍勢起，謹殿蕪句以誌敬佩之忱。

鍾植和序

某日胡君國賢先生來電，囑余代為《倚晚晴樓詩藁．二編》書序。其實以胡師之逸群強記、博學多方，詩雅而溫、語必感人等能事，時賢之述備矣，不待余之嘵嘵也。

胡師長於詩詞，這與他的人品與力學有關。正因為他對諸子百家著作涉獵甚廣，稱得上「學富五車」，詩中遣詞用字，往往隨手拈來，少雕琢而得渾成。細品胡師雅玉，尤覺才氣過人，溢於紙表，在馳騁於藝術草野時，往往迭出繩墨之意度，可喜可愕。《文心雕龍．神思》：「積學以儲寶，酌理以富才。」此之謂也。譬如驊騮，豈甘羈縛？是其才之徵也明。清代文人趙翼曾評價蘇軾：「天生健筆一枝……有必達之隱，無難顯之情。」今移之胡師也亦然。

胡師無論寫新詩、舊體，乃至粵劇曲詞皆能相體裁衣去表達「真深新親」之情。

「真、深、新」是一切成功作品的必有條件，是作者所能自我掌握，而「親」卻是與閱讀者的互動反應。故「親」字應該是結合到讀者的體會點，即親切感、熟悉感；但要親而不陳、熟而不俗。又能結合「新」、「親」而言，則是所謂「意料之外、情理之中」。這點要做到感動讀者，使彼等能生共鳴。

我欣賞胡師的不作頭巾氣，不寫老幹體。胡師佳構可觀可賞處甚多，我今只摘取胡師作品之「食字」與「用典」技巧以一例其餘。蓋二者實令我嘆為觀止，自愧不如。不知者無礙對詩旨詞意的理解，知之者會更上層樓，頗有「夫子言之，於我心有戚戚焉」之喜悅。

首先胡師出道伊始已常有出人意表的食字技巧。如〈藍色獸〉末二句：「我是一頭很秀很瘦的獸／亦是個很藍很婪的男」。這種諧聲雙關和協音雙關都是一種「聲」、「音」的巧用。「聲」、「音」的相諧和相協，而使字或語詞的內涵、外延發生向諧聲、協音字或詞的內涵與外延的轉化。如果領略和意識不到這個轉化的相互關係，則無法體會到這一詩句的豐富內涵與藝術美。

於是我開始留意胡師其他詩作，特別是與食字相關技巧，真叫人心服口服。

今舉書中〈戲詠三題．便服〉以證：

便服便宜便日常，便便大腹亦無妨。
如需上廁行方便，實至名歸便服裝。

查「便」字在平水韻有平仄二唸，分別在下平一先及去聲十七霰韻部。而便亦有多義，《正韻》：「便，順也，利也，宜也。」又《韓詩》：「便便，閒雅貌。又肥滿貌。」而仄聲用則解作「便利、巧便、簡便」。

本詩平而不淡，淺而不俗。巧用了往復與翻疊的手法，用了七個「便」字，一開一合，用銜尾相接的句法，如連環相扣，或推原竟委，自下而上；或者依因求果，自上而下。使辭意往而復返，迴環生趣，造成一種不容間斷的語勢，使其氣旺而語足，今已盡用「便」字各音義。除了「便」的正常用法，更活用了「方便」的另一歧義，乃「大小便」之婉詞。末句之「便服裝」又是以雙關藏巧法。即用一字或一詞，造成隱蔽的含義，使人讀來，領會言外之意，而感到作者心裁巧妙之法。

希望各位閱者能在胡師本書中再發掘出更多令人忍俊不禁而會心微笑的雙關法吧！

再言胡師用典技巧，今摘錄書中〈蛇年詠蛇〉以證：

乙巳迎新歲，胡言筆走狂。羲皇雙面凜，玄武半身藏。吞象原天問，驚弓對影慌。稱孤憑立斬，禁果誘偷嘗。形現親夫厥，足添卮酒亡。隋珠酬厚義，滇印保餘光。不絕靈思處，蜿蜒福澤長。

本詩為五排，其聯聯工對！句句不用「蛇」字而句句涉之。用典有明典、暗典、翻典。足見胡師學養極豐，用功殊深。如大匠運斤之瀟灑輕快，非經綸滿腹、學富五車者不辦。

首句開宗明義；破題起首。次句「胡言」自謙詞，其實也帶雙關義；蓋胡師著有文集：《胡言集》。第三句乃用相傳伏羲媧皇人首蛇身之典。第四句寫玄武，今言蛇為玄武之半身也。第五句用人心不足蛇吞象，乃《山海經．海內南經》「巴蛇食象」之典；且屈原〈天問〉有「靈蛇吞象，厥大何如？」一問。第六句用「杯弓蛇影」典故。第七句用「劉邦斬白蛇稱帝」一典。第八句用聖經創世記「夏娃受蛇引誘違命與亞當吃禁果的故事」。第九句乃用《白蛇傳》所記素貞現蛇形令許仙昏死的故事。第十句用「畫蛇添足」一典。第十一句是用《搜神記》內隋侯救蛇得珠故事。第十二句用「滇王之呈蛇形金印」。第十三、十四句收結全篇，上句言一般人認為蛇是有靈性的（如隋侯珠、《白蛇傳》之青白二蛇等），可以報恩，也可以報仇；此句亦有雙關到作者之靈思巧想處。到末句再用「蜿蜒」

象蛇之形，也言作者的靈思妙想，用曲折寫法帶出對蛇年的祝願。

我與其他閱讀者雖不能成為優秀的寫作人，但能夠成為優秀的、高層次高質素的閱讀者已經是難得而可貴了。

陸游「少壯工夫老始成」，移於胡師更為適合。寫序的意旨，其中一點是希望拉近作者與讀者的距離，本此理念，故而不揣淺陋，敢力微負重，寫下某些個人的體會。以上的拉扯說說，只是對《詩藁》點滴的介紹個見，既不全面也不精透，屬小學大遺、買櫝還珠而已，亦野人獻曝之用心也。

最後謹呈一律以作結：

天縱才華德業成，和諧琴瑟漫調聲。
曲詞粵劇儀經歲，舊體新詩譽滿城。
藝苑傳薪償素願，文壇拱璧賦深情。
金針曉導生徒輩，玉佩瓊琚眾慕傾。

是為序。

乙巳仲春，新會鍾植和
識於何文田練筆書房

物色篇

觸物偶感

其一

偶聽禪鐘智若明，乍逢飄絮嘆連聲。
心搖物動尋常事，莫笑凡夫濫用情。

其二

假作真時真亦假，形依影處影隨形。
實為虛矣虛還實，青出藍兮藍也青。

詠放大鏡

隻眼獨開無與儔，縱橫圖史任君遊。
微言隱約難窺豹，大局恢宏怎解牛。
莫再聚焦凝火舌，還將餘力逐蠅頭。
欲窮千里當抛放，鏡外江河不舍流。

詠乾炒牛河

乾炒牛河亦可詩，選材分料切紋肌。
銀芽葱蒜毋輕覷，生粉鹽油勿濫施。
抛鑊慎防傷指腕，燒鍋唯恐着鬚眉。
休言餖飣徒堆砌，小道堪觀自有為。

詠糯米雞

珠璣滿腹抑牢騷，未解疑團孰代勞。
膹熱猶存輕泛霧，餘香尚在漫流膏。
休嫌納雜原粗食，獨嗜藏珍有老饕。
肉碎雞零毋掛齒，殘荷難得再薰袍。

詠啡茶鴛鴦

淺斟愛爾歸深處，加倍情濃低酌時。
攪鬼鴛鴦猶勝酒，未嘗先醉自融怡。

後記：

余嗜意大利泡沫咖啡（Cappuccino），中譯為「加倍情濃」。妻則嗜英茶 Earl Grey，余戲譯為「攪鬼」。余常混二者成「鴛鴦」，並戲稱為「攪鬼鴛鴦，加倍情濃」。

詠鹹水草

一草能纏菜肉魚，莫嫌微物未堪書。
民間智慧何深邃，妙用天然孰勝渠。

詠路樹街燈

君自軒昂我自擎，扶風拂霧翠絲縈。
傲然燭照蒼茫外，一樣孤高接雨晴。

步少璋兄韻同悼冠南華霓虹燈招牌

不待煙籠昏冷紗，冠南傲北已黃花。
虹霓謄得南冠恨，夜夜堆填映月華。

附：少璋兄原玉

幕天誰遣夜如紗，十色霓虹映鏡花。
留得長街供漫憶，珠光曾此冠南華。

詠跑龍套

馬後車前龍套過，聽隨響鼓襯鳴鑼。
台深但見齊行止，步接當知相輔和。
易服兵丁成草寇，反顏皂隸變狂魔。
也文也武尋常事，難得三言半句歌。

後記：

「龍套」為傳統戲曲中扮演兵卒、嘍囉、差役、僕人等隨從角色，可文可武，因穿着各色龍套衣而得名。龍套以整體（四人一組）出現，烘托台上聲勢，並按劇情需要，有不同排場及隊形變化，偶有少許唱白。

詠戲如人生

生死榮哀本有常，台前幕後續登場。
時來風送淩煙閣，命舛泥翻落燕樑。
昨慶簪紅明掛白，今遭抹黑昔懷黃。
滿村聽說由他說，俯仰無慚我自狂。

聞國內某酒樓提供印滿古詩詞廁紙供顧客使用戲詠

出恭入敬誦詩詞，屎溺原來道在茲。
石畔水流凝冷處，花間風過送香時。
箇中天地憑誰解，內裏乾坤獨我知。
俯察仰觀遊目罷，本無一物莫嗔癡。

戲詠三題

其一・便服

便服便宜便日常，便便大腹亦無妨。
如需上廁行方便，實至名歸便服裝。

其二・和尚打傘

孤僧獨傘擎，踽踽袖風清。
誰解民間諺，法天俱絕情。

其三・手民之誤

別風淮雨不成篇，滿紙胡言怎作箋。
莫怪手民多謬誤，嗟吾指鈍目昏眩。

後記：

《文心雕龍》云，《尚書大傳》「別風淮雨」句實為「列風淫雨」，因「字似」而訛。後世乃借以喻文章錯字連篇，不能解讀。想近年寫作，慣按鍵而為；嗟指鈍目眩，加以率爾成章，訛誤必多，盼諸君見諒！

步韻戲和國亨兄〈古人為友〉

古人為友君休哂，我比曹公去日多。
孔孟經綸曾背誦，蘇辛詞調偶長歌。
怎攀李杜遮天翼，未羨阮陶終日酡。
志大管他才幾斗，白頭吟望慣吁嗟。

附：國亨兄原玉

誰道聖賢皆寂寞，古人入夢我偏多。
旗亭喚酒群朋至，曲水流觴眾友歌。
李杜同歡知己樂，蘇辛笑視醉顏酡。
庸庸俗子非吾類，冷眼橫眉不用嗟。

泮水西山詠

玩水最宜臨泮水，西山當合樂遊山。
采芹可解吟觀處，閱典能傳通貫間。
宇內藏修思遠大，弇中行息志剛頑。
休論天地寬還狹，智水仁山心自閒。

後記：

「泮水采芹」，語出《詩經》，喻學有所成；「西山閱典」，典出《太平御覽》，指豐富藏書。

尼山聖境孔子銅像頌

高山仰止仰尼山，大德巍巍孰可攀。
拱手廣弘千古禮，凝神默化眾生頑。
書攜劍仗周遊遠，教立經傳久歷艱。
未喪斯文開聖境，仁風得沐淨塵寰。

寶蓮寺廣場空椅乍見愚夫婦名字有感

椅空人去沐光塵，竟爾名留與佛鄰。
鏡樹本來無一物，何勞泥爪證前因。

後記：

早前應邀遠赴寶蓮寺欣賞《惠能頌》交響合唱演出。日昨學生傳來一照，赫然見當日座椅背後寫有愚夫婦姓名之字條還在。想菩提無樹、明鏡非台，人去椅空卻和光同塵，留下片泥半爪，與佛為鄰，又是何等因緣！

詠遷岸前水上天后宮

廟艇朝天后，如今陸上供。秋波臨別演，留影見情濃。灑墨雲飄雨，餘音風入松。聲情生旦茂，唱做意心溶。一鏡無中斷，乾乾樂寄蹤。非遺誠可貴，寶筏去何從。

後記：

「水上天后廟」曾為香港唯一水上廟船，因歷久失修，二〇二三年終遷往岸上。遷徙前，特於船上拍攝短片留念，並加插即場書法及粵劇兩項表演，以突顯文化保育理念。後者尤具深意，因粵劇為賀誕常見盛事，亦屬非遺文化。惟「寶筏」下場，又有誰惜顧？

詠泰國清萊皇太后山花園群童像

參扶相傍互援攀，舉目昂頭顧盼間。
解數渾身誇少壯，階前誰悉兩心閒。

題仿梵高壁畫前照

漫天星斗漢河翻，滿地鬱金香氣屯。
懶看摩輪卑亢運，巋然誰復笑羈魂。

題頑石讀書照

盤坐江流細讀書，誰家寒士獨敦如。
由來不轉唯頑石，書自空時士也虛。

後記：
遠觀人展卷，近看石橫流。
奇照殊難得，題詩寄意悠。

題張校長秀賢「放下」照

放下心頭石，奚為思緒凝。
胸懷何磊落，誰個強填膺。

說影

管甚含沙射，胡為捕捉疑。
杯弓蛇永在，沉璧靜當思。
疊瓦游魚樂，立竿驕日移。
自憐毋顧盼，形滅頓消離。

觀斑馬形影照

遠看形作影，近賞影為形。
形影雖難辨，神消自化零。

詠羊

連番戲語卒來狼，觳觫緣何易以羊。
伊索孟軻虛實事，今朝重讀已尋常。

蛇年詠蛇

乙巳迎新歲，胡言筆走狂。羲皇雙面凛，玄武半身藏。杳象原天問，驚弓對影慌。稱孤憑立斬，禁果誘偷嘗。形現親夫厥，足添卮酒亡。隋珠酬厚義，滇印保餘光。不絕靈思處，蜿蜒福澤長。

詠蛙二題

其一．井蛙

坐井何曾愛望天，狹圈容我自通圓。
噪鳴莫怪真喉舌，為醒沉鍋溫水眠。

其二．怒蛙

天鵝不慕慕仙娥，獨坐誰人敢放歌。
井底日觀寰宇小，池邊晚噪應聲多。
舌長好為除蟲蟻，目怒躬迎敬軾軻。
惱煞柳州耽美食，慎防溫水志消磨。

步韻和順祥兄詠蝙蝠

中西論蝠鼠，義理各深藏。
暮展驚魂翼，朝懸瑞氣樑。
駭聞傳吸血，禎兆引歸廊。
凶吉皆人定，幡然善惡忘。

附：順祥兄原玉

〈蝙蝠頌〉

似鳥焉成鼠，那堪洞裏藏。
高飛終有翼，夜宿苦無樑。
冷落窺行徑，虛縣聽步廊。
窮身欣獨往，人事笑相忘。

題張校長秀賢獨鶴照

彎腰非為臨流顧，痛膝還教尺喙憐。
縱是逍遙猶有待，隨心俯仰亦怡然。

詠雙鳥臨流

逐浪敢言疲，揚波為解頤。
臨流毋自顧，比翼願相隨。

題裕昌兄新西蘭百鳥歸巢照

百鳥歸巢在地行，漫天唯見暮雲清。
不思鴻雁思鳧鴿，南土依依樂晚晴。

依韻和斯仁兄詠螢

夏蟲難得度秋涼，腐草何由化寸光。
苦讀囊收車武子，離魂路引趙京娘。
輕羅扇撲雙星淡，戰火屍埋一族亡。
微物同招中外賦，此生奚論短還長。

附：斯仁兄原玉

塵間誤墜久淹翔，星月為朋草作牀。
未學狂蜂尋粉蕊，曾憐稚子照紗囊。
罡風有意攔歸路，冷露無聲浥綠裳。
遙憶姮娥空閣暗，磷光點盡映滄茫。

題張校長秀賢斑麗翅蜻照

幾曾相識舊池台，疑是劉郎崔護回。
晴翅麗斑奚點水，信圓祖夢探君來。

後記：

張校長五年前攝得此斑麗翅蜻照，不意早前偶遇。是劉崔訪友故地重遊？還是後輩為圓祖夢初探？萬物自存，奚用執意歸人過客？

詠古槐

原為佐政材，竟道惹凶災。
國破枝成罪，仙盟蔭作媒。
何當醒蟻夢，莫待指桑來。
毀譽由人說，憑誰識我槐。

詠白洋紫荊

奚為本土冠洋名，色白緣何稱紫荊。
莫論出身同地長，接枝猶有植根情。

和石佑兄詠四君子詩

梅開笑傲雪霜閒，蘭抱孤幽縹緲間，
竹節頑堅迎宿雨，菊英疏淡對重山。

附：石佑兄原玉

梅態傲寒舒意閒，蘭香幽散有無間，
竹節堅亭君子氣，菊黃淡逸滿秋山。

詠雨後夕荷

莫待枯荷賞雨聲，清圓惜取一珠擎。
無情縱蕩東風浪，散落玲瓏映夜明。

詠繡球花

繡球原有樹，明鏡自成台。
眼底青藍紫，何曾變色來。

後記：

繡球為落葉灌木，花色可因土壤之酸鹼度，而出現藍紫或紅白變化。

詠狗尾草

續貂何足貴，向晚尚矜豪。
不慣隨風曳，唯求惜羽毛。

步韻戲和少璋兄水茶詩

未沐神恩未悟禪，生來俗骨懶尋仙。
紫砂南糯何甘貴，幸有餘瓢灑晚田。

附：少璋兄原玉

無波誰悟此中禪，七椀盧仝是野仙。
何似曉風拂殘月，井邊人唱柳屯田。

植林砍枝偶觸

植林竟為砍枝來，環保云乎實怪哉。
牧獵漁耕同一理，以時伐殺順天裁。

觀遊篇

重遊慈山寺三題

其一・初度抄經

黃庭未寫寫心經，初試箋毫新發硎。
末席叨陪凡念在，普門端坐俗情停。
遲遲筆落菩提句，默默腕扶般若靈。
沐手敬書慚德薄，慈悲智慧尚冥冥。

其二・小滿日浴佛聽道

小滿炎炎日，慈山僕僕時。
重臨緣浴佛，初聽遇名師。
五力修何懶，無心悟未隨。
菩提原有樹，飄絮淨蓮池。

其三・寺閣一隅

法身觀俗世，廊柱自生閒。
寺閣音塵絕，風檐道照顏。

東涌賞櫻記窘且樂

纔探新桃又訪櫻，慈山甫退踏莎行。
寺遙有女扶持往，地陌憑誰引領程。
百轉猶迷橋下路，四瞻靡及岸邊英。
驀然回首柵欄處，近晚春枝撲面迎。

與諸友遊故宮文化博物館「紫禁一日」展遇雨

一日宮廷半日遊，琳琅文物不勝收。
龍袍尚在龍何在，壽印長留壽未留。
功縱十全誰細數，詩逾萬闋孰輕謳。
喜迎舊雨逢新雨，莫惜衣沾共晚秋。

註：

「紫禁一日」展出故宮珍藏之三百多件精美文物，如龍袍、壽印等，反映清皇室（主要為乾隆）紫禁城內一天之生活點滴，饒有興味。

歲晚初遊深圳觀瀾古墟

觀今當察古，瀾岸有名墟。
活化憑文化，新居本舊居。
石街青少聚，茅店老中舒。
小駐輕寒後，怡然待歲除。

「荃情懷集二十年」訪受助三校

荃工助學廿年情，跋涉不辭千里行。
懷集二中新景象，橋頭朝氣暖光明。

後記：

懷集位處粵西山區，荃工校友會於該地助學廿年。今冬再訪三校：懷集第二中學、橋頭新寧教學點、梁村光明小學，均景象一新。但見白髮童顏，主客同歡，果真樂其樂歟！

重遊懷集燕子巖

燕子巖空賸石頑，舉頭難覓舊窩顏。
重遊驚見人車攘，來日烏衣可願還。

後記：

燕巖為懷集著名景點，巖頂滿佈燕巢。惟冬寒鳥徙，空餘高崖奇石，尚可一遊。惜巖洞已闢作交通要道，但聽車轔人噪，興致索然。

初遊懷集華光寺

古寺華光奉惠能，逢懷則止隱禪僧。
於今初遇重興廟，瞻仰奇崖恍佛徵。

後記：

禪宗六祖惠能因避禍曾駐足懷集，故有「逢懷則止」之說。唐代於其潛修處建華光寺以祀，惜歷經廢興，現寺為近年重建。無意仰首傍寺山崖，驚見彷彿人面。殆禪僧佛相耶？

夜探廣西賀州黃姚古鎮

黃姚古鎮夜繽紛，龍爪老榕初見聞。
踏遍青階無覓處，通幽何惜已疲筋。

重遊山東在即記盼

齊魯重臨閒暫偷，岱宗參罷禮尼丘。
豈勞青鳥探青島，夢蝶何如復夢周。

初遊青島前海棧橋

青鳥不來來白鷗，棧橋莫問為誰留。
鴻章枉覓圖強策，狼子狂拋租佔鉤。
歷劫波堤淪德日，倖存瀾閣證春秋。
國防海運無憑處，換取膠東勝景遊。

後記：

清末，李鴻章倡建青島作防務用，前海棧橋為其中建設。惜青島後為德日二國租佔，復因國事，棧橋時建時廢，蹉跎逾百載。近年重修，竟已成為膠東著名旅遊景點。世事如棋，棧橋可證。

觀大明湖超然樓亮燈

百尺超然復古樓，千人仰臉盡凝眸。
層台燈閃階前哄，疊閣光飄鏡裏收。
檻外孰憐湖水冷，風中誰賞柳枝柔。
天工自顯明珠耀，致遠何需着意求。

後記：

大明湖超然樓原為元代建築，後被毀。二〇〇八年仿古重建，樓高七層，為「明湖新八景」之一，有「泉城明珠」及「超然致遠」之譽。每屆黃昏，遊客雲集樓外，待層樓燈亮，紛紛拍照，蔚為奇觀。惟毗鄰之清湖翠柳，觀者寥寥。殆人工勝天工耶？

重登泰山遇飄風驟雨

岱嶽初臨志未酬，今回重訪意方休。
待尋先聖前賢句，遙想秦皇漢武旒。
風雨驟飄唯跬步，扶持左右幸同舟。
天門未悔緣慳再，但得群儒惜喘牛。

後記：

多年前初訪泰山，半途而止。此番重遊，得與眾校長結伴，誠樂事也。惜逾稀之齡，更逢飄風驟雨，舉步維艱；幸得群儒之助，扶持左右，終能踐履秦皇漢武駐足之所，特賦詩以誌並謝。

重遊孔府孔廟

重遊府廟遜初遊，大道難行攢萬頭。
忍見杏壇桃李落，怕趨庭苑禮詩收。
正心德目成糕點，治國經文作饌饈。
千里拜朝無覓處，書聲沉寂市聲浮。

後記：

多年前初訪孔府孔廟，遊客稀疏，建設古舊；惟其質樸肅穆，仍教人崇敬。是次重遊，府廟已踵事增華，觀遊者眾；惟昔日書聲換作市聲，而德目經文更淪為饌饈糕點名字，寧不慨然！

贈新界校長會山東考察團眾團友

何待蘭亭曲水流，六天齊魯共君遊。
校園觀課童心復，岱嶽乘風逸興浮。
晶片竹書跨百代，鵝池孔廟歷千秋。
新知舊雨無他我，喜與群英跡影留。

後記：

是次山東考察團，集藏修息遊於六日之中：從竹簡到晶片、從孔廟到鵝池、從泰山到瑯琊，時空跨越之廣，實令人驚嘆。惟教余至深感動者，為一眾校長多日來之關顧，彷彿重現昔日校園內外之勃勃生機。特草成此詩，聊表謝忱。

疫後回澳小駐雜思

其一・返澳前夕

只緣無事瞎狼忙，四載南洲今啟航。
訪友探親尋舊跡，狼忙奚論駐何鄉。

其二・乍見悉尼舊居新貌

四年重訪舊樓台，人是物非何怪哉。
欲倚無欄三徑沒，齊驅有道五車來。
書房驀見洋刊混，庭院難尋故菊開。
一室智能慚老拙，啟蒙還得待童孩。

其三・聞香港颱風將至

隔海隱聆風雨聲，閒居還繫故園情。
方知在遠尤親近，莫道心安鄉自營。

其四・竹戰夜歸

戴月歸來臂目疲，重門慢啟步輕移。
隱聞鼻息微勻靜，愧我竹林耽戰遲。

回澳與家人共聚記樂

其一．與姨甥女慶生

時疫欺人相見難，四年何幸再成團。
慶生此日齊高唱，三代同堂樂意漫。

其二．與幼孫同進樂園餐

公孫同進樂園餐，漢堡薯條風捲殘。
返老還童君莫笑，人生難得此心寬。

其三・與妻女美食節共桌

家好月圓皆盡歡，任教狼藉亂杯盤。
相逢何必曾相識，況有妻兒互笑看。

悉尼度春分

北地春分南地秋，此寒初醞彼寒收。
殊途驚見同歸處，時疫封關類楚囚。

悉尼度中秋二題

其一．家居外見圓月

煢煢獨照晚晴樓，胡地秋心古月愁。
吾土信非家尚在，北南何處不菟裘。

其二．與家人共度

北地中秋南仲春，炎涼千里共冰輪。
賞心莫問誰家院，美景奚分那處津。
此日雁鴻留瞥影，昔年苗蕊展青茵。
悲歡圓缺來還去，我自怡然任漢秦。

重遊坎培拉

其一・鬱金香展

鬱金香滿坎培拉，青紫黃紅日未斜。
取次休嫌頻顧盼，只緣眾裏驀尋她。

其二・恐龍園館

侏羅紀現坎培拉，化石巨龍真偽耶。
園館無欺童與叟，忘憂逐夢豈言奢。

其三・國會山莊

春風料峭坎培拉，國會山前落帽紗。
挈婦重臨沿舊跡，將雛隔代亦吾家。

其四・鑄幣廠房

馳名鑄幣坎培拉，廠廈澄明實不華。
銅臭未沾沾別趣，原來阿堵可生花。

與妻赴日候登「金公主號」郵輪記樂

豈效乘桴孔聖奔，御風追浪補金婚。
四年方遂凌霄志，初度期攀巨艦門。
並翅蜻蜓思點水，雙飛蝴蝶待尋村。
天空海闊泠然處，應遜舷艙斗室溫。

與妻初闖橫濱記趣

相依二老闖橫濱，陌地初遊樂問津。
暮宿崇樓千戶矮，朝遊紅屋百般新。
棧橋落帽風貪寶，小館嘗鮮舌嗜珍。
一日偕行逾萬步，莫欺黃髮笑儒巾。

與妻初探鎌倉大佛記悟

未仗芒鞋踢踏來，峨然淨土佛陀回。
櫛風沐雨猶趺坐，垂目低眉自弭災。
莫道中空無一物，還看背鑄惹餘埃。
天涯過客尋蹤罷，誰復潛思舊鏡台。

後記：

鎌倉大佛建於十三世紀，為日本次高之青銅佛像，屬淨土宗。原安置寺廟內，惜寺廟屢為天災所毀，惟佛像仍安然屹立，遂成日本神聖象徵。佛像中空，可付款入內參觀；背後有剝落文字圖案，已不可辨。又附近懸掛一雙大草鞋，為一群孩子於一九五一年編織，盼佛陀穿上後能走遍日本。

與兄同登郵輪記悅

兄弟離居心尚同，奔南逐北各西東。
橫濱約赴金公主，棧道相迎白鬢翁。
鳳乍來儀千面仰，情如初見四眸紅。
層樓比室無尋處，唯有家常話不窮。

乘郵輪初遊日本鳥羽灣記柔

輕飄鳥羽滯艨艟，一葉穿梭類轉蓬。
過客隨心緣懶結，真珠有價巷曾空。
夫妻巖遠連繩渺，兄弟情深對坐融。
二日同行同桌食，儼然返老兩頑童。

後記：

航程翌日遊鳥羽灣。因水淺需轉乘駁艇。該處有曾盛產真珠之真珠島及以草繩連繫大小礁石之夫妻巖；惜因時限，只能想望。午飯與兄長對坐，不期憶及兒時種種，頓生返老還童奇想，謹以詩誌。

與妻訪大阪鬧市及故城記敬

故新同冶此城中，大阪初臨半日匆。
喧嚷心齋橋上店，莊嚴天守閣前宮。
市廛欣見彬彬禮，神社長懷赳赳雄。
啟後承先憑自律，道無片紙德堪風。

後記：

夫妻曾於大阪登岸半日遊，先訪心齋橋鬧市，再遊天守閣故城。前者為年輕人「聖地」，後者則屬一代英雄豐臣秀吉故土。惟二處所遇日人，無分長幼，大都怡然自若；沿途雖少見廢物箱，卻地無片紙，其自律若此。

身處公海登甲板觀浪記壯

無鷺無鷗孰與盟，海天相接兩分明。
驚濤失岸舷牆濕，朗日穿雲甲板晴。
兄弟擁肩留影樂，夫妻攜手踏階行。
人生幾許中流放，俯仰何慚滿袖清。

乘巨桴與妻浮公海記蜜

向東休道獨愁時，浮海乘桴未覺疲。
鷹隼逍遙天接水，滄波浩渺岸迷涯。
太湖但得佳人伴，巨楫寧甘浪客隨。
默默長廊同步向，並肩何懼疾風馳。

偕兄嫂初遊基隆港記懷

逐浪披星雨港臨，藍天白日復誰尋。
綠肥紅瘦干卿事，度假消閒過客心。
手足天涯嗟聚少，弟兄海角證緣深。
風波縱未身同歷，永在親情抵萬金。

渡台海往香港途中記慨

信是還鄉亦近鄉，非關衣錦怯情長。
壯年賦罷盆舟句，暮歲吟成度假章。
風未起時愁燭黯，燭猶燃處畏風涼。
離家十日中途轉，未竟行程再整裝。

後記：

壯歲曾作新詩〈趁風未起時〉，以「盆舟」為喻，寄回歸之憂，倏忽已逾四十年。今冬乘郵輪自橫濱至星洲，途經香港，可登岸回家一轉，重整行裝。不期回思，當年風未起之疑，如今燭猶燃之惕。未竟行程，寧不慨然！

香港站短暫回家記喜

鳥倦何曾中道還，解鞍小駐敢偷閒。
八方資訊頻傳接，兩篋行裝細補刪。
喜得同餐兒女伴，強為暫別弟兄班。
旅程待續緣長續，縱隔天涯未隔山。

兄嫂郵輪陪賀金婚晉一記親

金婚晉一慶郵輪，漾泛重洋觸處春。
去歲兒孫同賀宴，今時兄嫂共嘉辰。
擁肩西牖堪留影，放棹中流必有鄰。
恩愛不虧無近遠，白頭到老自彌珍。

重訪越南初遊峴港記史

峴港信非胡市儔，重遊畢竟亦初遊。
水深幸有郵輪泊，火熱已無軍艦浮。
喧鬧長街興百業，巍峨大佛化千憂。
古城獨恨途迢遠，難證昔年沱㶞仇。

後記：

峴港為越南古老城市，本名「沱㶞」，千百年來，戰爭頻仍。越戰時因有深水港，成為美國空軍基地，停駐戰艦。統一後，發展為越南旅遊勝地，其中美溪沙灘、靈應寺之望海觀音，以及附近之會安古鎮與順化皇城，均屬著名景點。

初試郵輪健身室記倦

終日郵輪飽食餐，健身有室勉其難。
牽拉前後腰肩倦，按踏高低手腿酸。
大汗滿頭聲氣喘，單衣黏背舌喉乾。
野人但獻今朝曝，莫笑閒居慣十寒。

越南芽莊半日遊記熱

炎炎冬日赴芽莊，浹背汗流空瞎忙。
仰止佛陀臨遠寺，探窺古塔隔重牆。
教堂肅穆環雕塑，過客歡騰鬧市場。
碧海銀沙無覓處，歸途一瞥意茫茫。

後記：

芽莊以美麗海灣見稱，惜是次為半日遊，只能於市內瀏覽。雖曾赴占婆塔、隆山寺、大教堂等景點，僅為走馬看花，且汗流浹背。惟團友對大壩市場情有獨鍾，流連最久。幸回程途經海濱，遙見碧海銀沙，慰情勝無。

與妻偕兄嫂重遊胡志明市記舊

胡市初遊伴有妻，如今兄弟眷相攜。
府宮統一重門舊，郵局中央訪客擠。
紅教堂空來故燕，古芝道渺想新泥。
不殊風景情殊異，走馬觀花意更迷。

突發雅興對海吟誦蘇詞記達

望洋吟誦大江東，浪捲聲時句入風。
遷客壘邊懷虎將，閒人舷畔念坡翁。
早生華髮君休笑，未老詩心我不窮。
一粟蜉蝣天海渺，滔滔待染夕陽紅。

半月郵輪旅程將屆記人

一船半月食行俱，道是同途路各殊。
吃喝呼朋何意愜，藏修伴友亦心愉。
舷欄甲板如星列，舞榭娛場若鶩趨。
公主旅程彈指過，躊躇顧盼笑傖夫。

三十年後重踏新加坡境記情

闊別獅城三十年，滄桑人事幾回遷。
舉家倉卒移民探，攜母殷勤盡孝虔。
白髮重臨妻結伴，青衿難得友周全。
渡頭風滿回眸處，半月依依手足緣。

宿新加坡凌兄家記誼

獅城此刻會同年，半世相知自豁然。
勇闖黌宮君立業，幸餘拙筆我謀篇。
白頭依舊交情厚，倒屣而今盛意拳。
勞頓舟車猶不倦，何當秉燭話從前。

水陸空遊廿一日回家記得

笨鳥先飛倦鳥還，徜徉水陸兩旬間。
初嘗比翼雙棲樂，復享連枝共處閒。
半月航程唯恍惚，九城風景混姿顏。
他鄉故土寧無別，滄海曾經志更頑。

後記：

「公主之旅」三周分三階段：一、與妻往日本自由行三天；二、會合兄嫂乘郵輪十五天，並於九城登岸遊玩；三、於新加坡與摯友共處三天纔回港。想耄耋之年，竟「水陸空」兼程外遊逾兩旬，何其勇也！復立志以每日一詩述景抒懷，亦何其壯哉！如今機上回思，終能圓願，並有所得，何其不亦樂乎！是為記。

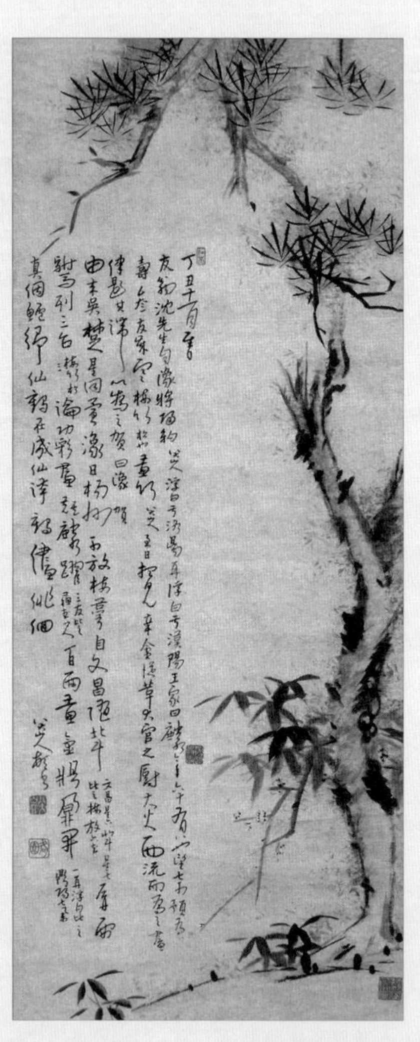

師友篇

香港六十年代文社同人聚舊有感

睽違甲子話滄桑，九社同人聚舊忙。
春蕊萼扶開放盛，華菁萃拔浩虔剛。
嘶鳴藍馬弘文秀，風雨芷蘭飄夕芳。
從學從商從政教，躊躇何待善刀藏。

後記：

九社為：春蕊、開放、華菁、華萃、浩虔、藍馬、文秀、風雨、芷蘭。

重覩定銘兄面書上詩友老照片

忘蹄藍馬蕩詩風，半世從文幸與同。
結伴青衿何志猛，獨行皤鬢豈途窮。
羈魂曲試苗痕躍，蘇舜聲沉雁影融。
唯嘆鳳溪驚葉殞，畫圖長憶雪泥鴻。

重溫三十年前香港電台「長於詩」特輯

三十年來幾度溫，半非人面尚留痕。
太平山邈懷藍雨，老地樓空賸拱門。
街縱模糊慚轉道，思無小大盡衷言。
白頭閒坐茹還吐，都市傳真詩有魂。

後記：

一九九四年，香港電台《都市傳真》「長於詩」特輯，訪問小思〈香港故事〉之餘，更錄製三首書寫香港新詩之片段，計為：古蒼梧〈太平山上、太平山下〉、也斯〈老殖民地建築〉及拙詩〈模糊街〉。屈指如今，竟已匆匆三十載。今夕白頭閒坐，該回首滄桑，抑欲吐還茹？惟詩有魂，長於詩兮長於斯，功罪誰管，唉，誰顧！

重看九年前於「詩竇」與香港詩友及台灣前輩詩人向明合照

圓桌停敲風入松，九年人事未塵封。
鳳溪飄葉春泥掩，馬角頭烏混沌溶。
路雅向明猶戀眷，魂羈秀實尚琤淙。
雖無詩竇聯同道，幸借熒屏網上逢。

後記：

九年人事，合照中福基（葉鳳溪）、馬覺二兄均已辭世。想圓桌停敲、詩風入松、詩竇蕩然，寧不慨惜！幸向明前輩及眾詩友仍能於網上互通訊息，更偶見新作。唯盼人常在，心猶戀、意尚淙，雖百變其何傷？

與逾半世紀港大舊友茶聚有感

拱門何幸樂同登，回首銀鞍話五陵。
金市東頭花踏盡，丹楓深處雁歸仍。
朦朦舊照矇矇辨，喋喋新題碟碟承。
明日茫茫山嶽隔，蒼玄鬢影證心朋。

整理福基兄戒暇室詩詞遺稿感懷

草堂有集待陽冰，戒暇遺篇試整謄。
細認龍蛇餘墨飽，重看心血晚霞蒸。
無邊風月誰吟弄，滿腹珠璣孰纘承。
字裏音容猶歷歷，行間翹首淚偷凝。

贈別詩友古秋城

風停樹靜古秋城，又見辭枝萬里征。
漸冷文壇唯網絡，已涼牌局待溫明。
臨歧莫説傷離話，雅路還思鬧笑聲。
詩國教徒無黑白，呦呦有鹿好遙鳴。

後記：

古秋城，本名溫明，另有筆名黑教徒，與余為逾四十年詩友。

與加國文友浩泉談藝並謝贈書

南來北往豈殊途，論曲談詩樂與俱。
今日餘杯斟酌罷，天涯猶有故人書。

贈國亨兄並誌久別復聯之喜

道是無緣實有緣，姓名相近別亨賢。
青衿學苑同几案，白首文場各著編。
兄傲南山回故夢，我依晴閣度新弦。
懷仁懷藝懷家國，胡不歸流匯百川。

後記：

與國亨兄姓名僅差一字，《學苑》初識時已為編委會佳話。離校初年仍偶有往來，惜商場校牆鮮有交集，致音訊漸疏而絕。孰料逾半世紀後，竟於網上復聯，更偶爾憑詩互應。想懷藝懷仁，不亦心懷家國？百川匯流，殊途同歸，信焉！

步韻和文巖學友

其一

非關鳥倦始知還，古體新詞本迭番。
昔日殊途今共步，相看莫道鬢先斑。

附：文巖學友原玉

半紀與君未往還，紅綿花換幾多番。
當年赤子心猶在，管甚齒疏鬢髮斑。

其二

重逢學友共遐年，會取前因各結緣。
文墨未勞杯碟載，巖茶已醉兩儒仙。

附：文巖學友原玉

一圍杯碟話當年，聚散人生都是緣。
可笑如今多豎子，不曾修煉盼成仙。

依韻和范國兄寄懷

斑鬢未重烏，初心但慎無。
清明隨復活，荊棘會菖蒲。

附：范兄原玉

逼目新顏碧玉酥，驚移西子綠菖蒲。
復青借問丹何處，斑鬢重烏夢忍無。

步韻和劉衛林兄〈雨中憶金陵〉

群賢畢至匯詩聲，憶昔初遊寄逸情。
夫子廟開迎夜市，秦淮河灩映名城。
六朝金粉香疑在，二戰遺骸血尚明。
守業艱難逾建業，雨中誰解慎攲傾。

附：劉兄原玉

又聽蕭蕭疏雨聲，穿林打葉苦關情。
徐行傘底江南夢，凝睇樓頭建業城。
歲月催人天未老，山河入座眼先明。
東風更約垂楊外，煙水秦淮杯復傾。

讀銘燊兄網上帖文記教育學院舊事

當年自澳還，何幸會揚班。
教院多才彥，濫竽添汗顏。
專欄攀驥尾，名字記心間。
但得書長在，情緣信不慳。

後記：

九七前夕，余自悉尼回流，蒙教院聘用，有幸與銘燊兄共事，更應邀與一眾同人於報刊合寫專欄，其後還匯集成書。日前銘燊兄於網上重提此事，並引當年學者之肯定評價，實與有榮焉。草為此詩，銘誌兩年教院情緣。

初與天增兄高山劇場觀粵劇遇暴雨記窘

百年一遇雨成災，兄弟同行觀劇來。
流潦縱橫難舉步，跳珠挑撻怕沾腮。
徬徨傘下攔車苦，忐忑風前覓路呆。
賞罷高山新戲曲，伯牙猶幸子期陪。

步韻敬和雲漢兄讀拙文後口占一絕並謝

麤論高言父子親，古今詩句雜紛陳。
未誇引線金針度，述我胸懷寄我真。

附：雲漢兄原玉

〈拜讀大作口占一絕奉報〉

一從文字見情親，哀樂慈嚴縷縷陳。
許是前緣今始分，人間難得保天真。

說隱贈江傑兄

山水迢遙魏闕巍，市廛裘馬逐輕肥。
大中小隱無由覓，何若隨心應俗機。

隱題贈「在園詩友」

在座金聲玉振吟，園田半隱志彌深。
詩成豈待杯盤散，友鹿盟鷗盡雅音。

高山流水詩友雅聚二題

其一・相濡館雅集

雖無曲水送流觴，幸有輪盤珠玉藏。
唱詠誦吟濡館會，從今工廈亦文場。

其二・將軍澳雅聚

將軍有澳匯流觴，燭影浮光眾璧藏。
論藝談詩無彼我，述今懷古笑滄桑。
全鵝何待黃庭換，美酒還邀墨客嘗。
此日忘年青皓首，蘭亭喜得各飄香。

與高山眾詩友港九同遊

其一・中環街市

浮磚滑石舊門牆，結伴同遊各自忙。
蹓躂階前尋故跡，吟哦廊下覓新章。
腥臊氣斂風騷泛，米日旗收雅逸揚。
三建一遷何足憾，千燈難得耀中堂。

其二・維港兩岸

何曾玩水況遊山，興至文朋相與還。
舊市偕行聊未已，小輪同渡樂其間。
鐘樓未響聲如在，杆柱無旗志尚頑。
兩岸感懷重摭拾，詩成諸友盡開顏。

秋日偶題步韻和順祥兄

山外重山還有山，橫峰側嶺亦人間。
雲霞滿目猶餘事，難得過從皆冉顏。

附：順祥兄原玉

爾在城中我在山，山中禽鳥逐雲間。
城中盡是笙簫夢，不及溪邊一笑顏。

藏頭奉賀植和、漢雄二兄榮壽

植根經典樂師承，和睦從容廣結朋。
漢韻唐風雙傑著，雄才添壽信多能。

贈品嘗雅集諸友二題

其一・觀舊照

竟日縈懷景逸軒，聊將舊照細重溫。
不休碟碟曾斟酌，雅集何時復暢言。

其二・寄懷

逾稀望耋半閒雲，諒恕江郎亂舞文。
獨樂非關題雁塔，自娛難得醉鵝群。
十年雅集無他我，百味品嘗攙素葷。
珍惜眼前知進退，何當景逸會諸君。

屏山宴樂贈李嘉誠中學舊同事

其一

贈書送曆樂何哉，難得屏山再聚來。
漫溯當年風過耳，同看此際月盈台。
盤飧市遠嘗兼味，狼藉筵前澆塊壘。
賓主盡歡忘彼我，滄桑下酒進餘杯。

其二

三年三度聚屏山，主客開懷笑逐顏。
跋涉不辭無近遠，羹湯親作泯忙閒。
新書此際為君奉，朗月今時伴我還。
揮手期諸來日會，雪泥鴻影印心間。

港大馮平山圖書館九十周年館慶講座追記

館慶欣逢校友回，前塵細認話題開。
恩師勉助新聲試，蝴蝶飄飛巨著裁。
習泳寫詩何樂也，出今入古豈奇哉。
德承九十傳文翰，代有才人繼往來。

回德愛中學主講「詩禮傳家」有感

方誦蕪詞書會中，俄而詩禮說黌宮。
仄平用韻須明辨，言立趨庭自匯融。
拗救對黏高下見，興觀群怨古今同。
奚為向晚猶孜矻，究有何求問此翁。

後記：

剛於拙書發佈會上談舊詩創作，又應邀回舊校主講「詩禮傳家」論傳統與現代之匯融。向晚猶矻矻孜孜，究有何求？又此詩嘗試於古典格律嚴格規限下，以現代文學「場景割切」技法，交替描述「書會」與「講座」，盼不致非驢非馬，於願足矣。

出席李嘉誠中學四十周年校慶有感

信是歸人原過客，雖云過客亦歸人。
門庭尚掛當年句，階砌難揚往日塵。
眾裏茫茫尋雨舊，頤然颯颯沐風新。
開荒莫問孺牛志，四十嘉誠滿目春。

重返李嘉誠中學與諸生談詩記樂

桑榆何幸遇菁莪，故地重臨感觸多。
細說水仙熬北茗，輕吟榕樹抱南柯。
真深且待親新匯，詞字還教章句和。
老去劉郎終不悔，江山代有浪推波。

後記：

當日與舊校諸生分享拙詩〈水仙〉、〈沏〉、〈廟街榕樹頭〉與〈抱〉等。

重返孔教舊校主持詩講座並簽書偶觸

依舊門牆桃李新，翩然過客亦歸人。
勉辭怎及詩聲悅，訓語何如韻律津。
未怨持書輪候久，甘為俯首署簽頻。
更弦易調歌難輟，垂教操觚德自鄰。

後記：

日昨，回舊校主持詩講座，並贈拙著與出席人士；不期憶及當年也曾於此向諸生敦敦訓勉，如今則改向另一群娓娓談詩。門牆依舊，桃李全新；惟垂教操觚，殊途而同歸，均足以培德養性。觀學子持書靜候簽名，安然有序，寧不老懷大慰！

參與孔教成人加冠禮有感

重回黌宇禮成人，喜為諸生冠庶巾。
煥發韶顏神朗朗，深長勉語意循循。
約章宣讀明心志，表字精研本義仁。
盡孝尊師當敬教，修身克己惜青春。

與大埔「樂在耆中」諸校長偶遇

無心誤闖樂耆中，舊雨新知滿座風。
隱約弦歌疑未輟，瞥然難得認歸鴻。

疫間難得與千禧校長流浮山午聚記樂

緣結千禧廿數秋，疫間難得再同遊。
浮山跌撞猶安穩，弱水蜿蜒尚細流。
身在江湖言及義，志存黌舍德長修。
佳餚美酒堪回味，狼藉杯盤意更稠。

敬悼德愛林大美修女

其一

悼念黌宮共步行，德風濡沐喜同耕。
愛中誠意誰無感，林下才華孰與京。
大局宏觀全力赴，美圖開展盡心營。
修身授業傳天道，女弟門牆各有成。

其二

獻花瞻仰黯香聲，異教殊途各有程。
此地一為分別後，主懷下望斷蓬征。

悼阮禧校長

披荊憶昔事東華，二校兩年同瓦遮。
任重幸能齊起步，道遙難得共馳車。
門牆另立栽桃李，嶺水分流育蕊芽。
倏忽南洲先後寄，阮郎奚事不歸家。

後記：

一九八二年，阮兄與余同獲聘為東華新校校長。惟粉嶺敝校尚未落成，需借用阮兄上水校舍兩年。當年華路藍縷，幸得與阮兄不時交流心得；後雖分校而治，猶時相往還。上世紀末，阮兄與余先後移居南洲；惜東西遙隔，僅偶爾茶聚。詎料日昨傳來噩耗，寧不戚然。

美景台與東華諸友聚舊並悼懷宇文兄

三載還登美景台，東華舊友趁春來。
流光尚綻當年笑，靜禱深埋此際哀。
宇內惜君形不寓，文心悼故影難回。
茱萸毋待天家插，美景重溫信共陪。

遙悼瘂弦

未及解鞍哀絕弦，非瘖而瘂苦甜纏。
如歌行板歌終盡，似水流年水自淵。
憶昔同場聞獨角，於今隔海誦遺篇。
石沉蓮落苓林寂，午後輝煌孰代延。

後記：

遽接瘂弦離世消息，不禁黯然！相對洛夫、余光中、老蔡、戴天，與瘂弦面會，實屈指可數。惟瘂弦對遠在彼岸我等後輩，仍不時關注勉勵。多年前，更有幸同任文學雙年獎評判與講者，對其「獨角獸論」印象尤深。如今斯人已逝，唯盼斯文未喪。特草成此詩，遙寄敬懷之意。

敬悼《星島》「星辰版」總編輯何錦玲

昨夜星辰不復尋，流光黱熱幸垂今。
信非河漢天孫巧，誰織玲瓏錦繡心。

敬悼孔院同道暨高山詩友吳榮治

孔院識荊逾廿秋，儒商風範孰堪儔。
禮賢尊聖經綸慕，興學育才桑梓謀。
退隱文林佳句摘，棲遲曲水雅辭修。
在園園在人安在，幸有高風滿角樓。

憶故人

其一・憶福基

一生花裏未癡迷，詩酒風流孰與齊。
難待氍毹歌白石，權將黃髮唱黃雞。

其二・憶艾凡

艾凡辭世忽三年，瞬倏風雲幻變天。
身後是非誰管得，周公王莽混媸妍。

悼澤漢並懷振中

非關澤漢振中來，少闖文壇老未回。
經歷餘波兄弟散，猶存禿筆舊新裁。
參商竟可重相見，涇渭何由強蕩開。
流盡清江柯夢後，蘆花倏忽寄幽台。

後記：

澤漢與振中為六十年代文社時期認識之文友，澤漢以新詩，而振中（筆名小清江）則以小說名。千禧以後，有緣聚首；縱路向不同，惟以文會友，且識於少時，又何分涇渭？惜六年前清江忽爾斷流，日昨更驚悉蘆花落盡。倏忽人生，怵然！

重看舊照憶悼《十人詩選》二詩友：福基、澤漢

重看舊照自茫然，宛在音容隔地天。
會佈新書欣共座，館藏中大喜同肩。
詎知葉落潭溪鳳，復嘆蘆沉漢澤淵。
未盼久長人健永，但揮餘墨染殘箋。

後記：

五年前，《十人詩選》出版後，曾舉辦發佈會，並贈叢書與中大館藏，均有拍照留念。重看舊照，福基（葉鳳溪）與澤漢二兄俱在。詎料如今天人永隔，謹以拙筆餘墨憶悼二兄，聊寄哀思。

親情篇

父親節前夕重讀給亡父詩〈菸〉觸感

佳節重臨憶父顏，一菸明滅字行間。
氤氳裊盡今何在，信入兒懷染鬢斑。

夢母二題

其一

俄然一夢識慈顏，依舊音容縹緲間。
不再叮嚀唯莞爾，望兒俯仰鬢同斑。

其二

莫泣慈烏夜怨啼，休譏梁燕日啣泥。
思親何必逢佳節，自有魂牽夢裏攜。

悼二兄二題

其一・祭別二兄

也曾含淚送椿萱，折翼雁行聲復呑。
默禱盼傳棠棣意，歌詩聊慰友于魂。
忍看棺柩緩緩落，怕聽軲輪軋軋翻。
此地別兮何處會，相安生死有其門。

其二・念二兄並懷先父

同根異幹亦連枝，死喪孔懷哀是時。
無語榻前輕執手，相看罩後暗低眉。
球場昔日狂呼樂，牌局如今久冷弛。
父子弟兄殊路往，天家地府會何期。

遙祭故鄉四姊

異土同根枝未連，離居骨肉血親緣。
音容宛在終徒爾，橘枳分栽各本然。
中饋素嫻勞已息，輕塵慣逐慮猶牽。
城鄉不遠心何遠，北望憑誰奉祭煙。

後記：

四姊終身於故鄉生活，與生長香港之我輩弟妹，兩地離居。日前遽接其病逝消息，心固戚然，惟不辨其情。昨宵輾轉難眠，晨未曦即起而草成此詩，盼能寓寄箇中莫解莫名之意。

題妻獨照

其一・井旁俯察照

坐井仰觀天自小，倚欄俯察水何深。
淺深大小原無定，誰解羲皇畫卦心。

其二・躲貓貓照

休道窺人唯歲月，凭蘭喜見悄回眸。
神偷未盜嫣然笑，淺翠猶攀淡紫柔。
賴有青枝藏宿燕，幸無銀漢隔牽牛。
推敲怎耐芙蓉臉，眾裏重尋百世修。

題妻二蓮花圖

藍莓淡墨亦蓮花，有意無心莫論瑕。
漫潑輕描隨化盡，千姿萬貌幻真耶。

後記：

一為妻無心潑濺藍莓汁形成之蓮花；一為妻初試畫之水墨蓮花。

題與妻三合照

其一・今昔合照

奚為搭背復勾肩，莫笑遐齡效少年。
青鬢白頭黃髮異，晚晴風采可依然。

其二・同捧七弦古琴照

出匣七弦清韻藏，何需一曲鳳求凰。
且看四手齊持捧，自有琴音心坎揚。

其三・春寒合照

風靜雲停欲倚欄，晚晴還有早晴安。
滄桑莫問迎蒼翠，觸手成春掩薄寒。

賀妻生辰

七五同齡逾廿天，金婚將屆共遐年。
回眸擦肩三生事，執手齊眉百世緣。
螓首任教成白首，棘田猶幸化藍田。
晚晴但得長相倚，何待西窗話雨綿。

賀妻十九年一遇之新舊曆同日生辰

日月同輝四度明，此生何幸伴相迎。
囊羞少逸貽詩曲，業闖壯懷忘我卿。
中歲課餘時秉燭，老來遊罷懶調笙。
閒居漸解從心樂，怎得期頤共五程。

賀妻喜壽並慶同齡廿五天

此日同齡喜壽重，頤然共老度秋冬。
金婚尚記兒孫繞，黃髮還期花燭逢。
廢寢筆耕勞勸止，忘言杖策樂相從。
信無齟齬緣衰齒，卻慣回眸笑互溶。

後記：

草書「喜」字，近似「七十七」，故七十七歲亦稱「喜壽」。又自今天至下月二十日，妻暫與我「同齡」，故曰：「喜壽重」。

題翻新之五十年前婚照

一幀舊照竟披金，難得兒孫善體心。
靦腆文青猶肅立，純情少女尚端襟。
杖家共老相扶倚，知命同諧和瑟琴。
五十年來風雨路，晚來何必論晴陰。

結婚紀念日與妻同遊沙田新城市廣場

金婚晉二慶沙田，舍我其誰並子肩。
綵樹蔭成毋顧後，燈花喜報共瞻前。
閒心漫向平台放，過客徒勞老店遷。
驀見世間光照在，情絲綰出善因緣。

註：

「光照世人捐贈機」慈善計劃，以自助售賣機形式，為本地五所慈善機構籌募善款。市民可藉此「購買」慈善機構籌募之物品。

與妻初探姻緣石

非覓姻緣石妄攀，慕名何惜鬢眉斑。
老來莫笑輕狂發，腿倦唯嗟跬步艱。
若定三生誰代鑄，曾經半世孰為閒。
登臨匆促留雙影，百級階梯待客還。

中秋與妻赤柱共度即興

未慣遙思未解愁，人間難得共清秋。
斜窺有月溶溶滿，照取頤顏靜倚樓。

與妻暮遊愉景灣

愉景灣頭晚景愉，夕陽新月喜同俱。
沙莎踏盡悠遊處，把臂還教共步趨。

與妻公園同健身偶觸

久違鋼臂冷輕鞍，小駐初晴日上竿。
五體不勤慚惰志，夫隨婦唱豈歌壇。

夫婦同確診家中隔離逢小寒有感

三年疫患避無從，婦病夫隨度冷冬。
未敢相濡分食桌，惟憑對望展歡容。
小寒喜鵲巢重建，歲晚愁鴛步故封。
雊雉隱茅君莫笑，探梅還得待霜融。

重讀兩年前小寒確診家中隔離詩作記悟

小寒雊雉未驚雷，疫患方休腿患回。
不用對看扶跬步，毋需分食盡餘杯。
山眉狼藉移時畫，霜鬢蓬飄暮歲堆。
望八朱顏能有幾，得相陪處且相陪。

妻白內障手術後記憂

秋水何堪薄霧縈，聲波化濁植新晶。
能言美目藏言美，帶笑明眸待笑明。
未識噓寒唯對望，且容挽手願偕行。
感同獨恨難分痛，但借蕪篇寄我情。

夫妻腳患互慰

其一

腿患待痊妻腳疼，卿扶我挽互依憑。
二人三足非兒戲，以苦為甘信未曾。

其二

白頭偕老盼偕行，跛躓欣然共步迎。
忍見蹣跚猶倚我，縱教巍顫亦扶卿。
相濡何若相忘樂，比目當懷比翼盟。
莫道千憂分五百，但求攜手接新程。

高山碧海行

只緣誤卯誤狂僧，曲散堂虛賸冷燈。
惜別高山臨碧海，喧然幻彩慮煩蒸。

後記：

黃昏與妻赴高山劇場擬觀看粵劇《碧海狂僧》，詎料日場弄錯夜場，但見堂虛燈冷，人跡杳然。惟不甘辜負良夜，乃轉至尖東海旁。適逢維港幻彩喧然，慮煩盡滌。想東隅桑榆，得失誰論？

與家人圓方賀金婚記樂

默轉年輪五十回，披荊斬棘幾曾來。
新州葉散苗初種，故苑根盤枝再開。
黑髮白頭參地老，並肩執手笑心孩。
土金水火圓方木，構建人間倚晚台。

題疫後全家在港合照

重關愁疫隔，三載聚親難。
千里歸人過，全家合照歡。
四孫牽手悅，兩老擁懷安。
滿室怡然色，相輝互笑看。

父親節與兒孫合照

烏絲白髮映垂髫，女慧兒勤孫俏嬌。
舐犢非求能反哺，檐前涓滴潤新苗。

與家人初遊利東街

利得東隅喜帖收，新容舊貌辨無由。
欣逢耶誕初程駐，幸有全家福照留。

與家人年廿九共賞獲獎拙劇《半日閻王》

三代同堂觀戲時，初編短劇信咸宜。
幼孫未解分邪正，稚女還知笑怪奇。
共賞新聲聲梟梟，休傷歲暮暮遲遲。
廉頗老矣猶能飯，半日閻王自有為。

題與妻及四孫兩幀接龍照

昔年冬至接龍時，附尾猶誇鬢雜絲。
此際杏邨龍再列，白頭甘讓長孫隨。

題與美澳港家人宴後升降機內昂首合照

手揮頭仰笑顏開，奚事機箱堆擁來。
北雁南鴻懷蟄燕，窩心樂聚趁春回。

初嘗大女兒親自烹調牛肋骨記樂

越味牛條佐膳饔，味濃焉及孝心濃。
熱誠款客原專業，卻為娛親甘作傭。

應大女兒之邀為其慶生同上「貓之呼吸」課有感

慶生原為惜生來，貓侍修行相與陪。
四道關情唯悟矣，一停息怒豈奇哉。
深呼緩吸心重定，反聽靜觀思自回。
兩老幾曾聞磬鉢，青春難得共餘杯。

後記：

「貓之呼吸」課之參加者得與該處收養之流浪貓兒同作呼吸練習。女兒特於此慶生，更邀二老參與，饒有深意。青絲白髮，於磬鉢輕敲、狸奴漫纏之間，同呼齊吸，共進餘杯，何其難得！

大女兒皈依禮後感懷

南天佛海啟新航，素女緇袍淡雅妝。
頂禮皈依同見證，老懷難得沐熙陽。

後記：

長女於澳洲悉尼南天寺皈依，賜號「海航」，詞顯意深。余應邀出席典禮，禮成後，見其一身緇衣褐裳，於熙陽下與眾同道合照，不期老懷大慰，特草詩以誌。

謝大女兒贈皈依禮畫

誰道人生再少無，倒流歲月有新圖。
皈依豈獨憑詩證，妙筆回春亦是胡。

後記：

上月見證大女兒皈依典禮，惜匆匆去來，無暇合照。詎料日昨女兒以其手繪綵畫相贈，赫然為夫婦當日致賀之景，惟畫中人較實齡年輕逾廿歲。莫非天下兒女心中，父母均如許青春？乃借蘇軾「誰道人生無再少」句，草成此詩，聊謝女兒深意濃情。

題大女兒畫作

其一．魚戲圖

魚戲綠荷間，紅蓮相與還。
此中真意在，活水滌心閒。

其二．松鶴延年圖

松迎初雪傲，鶴立野泉津。
延駐齊天壽，年年德有鄰。

雙瓶頌

其一

忽爾雙瓶海外來，四孫難得影相陪。
管他斟酌茶啡水，千里嬋娟共此杯。

後記：

頃接悉尼二女兒寄贈之新年禮物——一雙暖水瓶。瓶身印有兩老與四孫之合照，溫馨無比。縱遙隔千里，亦可望瓶止渴，共盡一杯。

其二

一載雙瓶未注杯，深藏為免惹塵埃。
但教白髮童顏在，何用天天斟酌來。

後記：

去年年底，先有大女兒在港下廚為雙親弄膳，後有二女兒千里寄瓶為兩老賀歲。兩椿樂事，亦曾分別賦詩以誌。早前重讀牛肋詩偶觸，今復覩雙瓶句，寧無感乎？

伴兩孫女遊林村許願樹記樂

許願非原木，撈盤沒活魚。
假真何足論，難得樂髫初。

大孫女樂知於詩集包書紙上塗鴉偶觸

倚晚晴樓現嫩情，包書紙上素描輕。
童心縱未窺詩意，尚解畫龍休點睛。

觀小孫女樂行海盜舞

信是瑤池謫小仙，儼然玉女獻青蓮。
綵衣漫曳游龍矯，薄罩難遮美目妍。
學步昔年愁躑躅，展才此日喜蹁躚。
精靈海盜偷心處，百世修來共一船。

小孫女樂行初遊慈山寺

初訪慈山八歲孩，幾疑觸處有花開。
階前供水凝神注，殿內抄經纖腕抬。
試照新桃孫自樂，彷搖斜板祖相陪。
遊蹤十地留痕印，禮佛因緣接福來。

隨小孫女樂行學校花展行偶觸

維園年度賞花辰，興至隨孫趁暮春。
倚馬騁懷瞻遠道，憑欄回盼見天真。
緣情率性方為美，簇翠堆紅豈足珍。
休笑揠苗愚莫及，曲欹處處病梅身。

後記：

花展不少植物給扭揉成種種形態，縱簇翠團紅，惟有欠自然，不期憶起龔自珍之〈病梅館記〉。幸而小孫女就讀學校並非揠苗助長，更無曲欹強制之舉。盼孩子能復見天真，得以騁懷瞻遠就是。

贈悉尼孫兒二題

其一・機場送別公孫再「碰頭」偶觸

此日公孫再碰頭，臨歧誰解箇中愁。
黃毛白髮相輝映，莫道忘年欲語休。

其二・重讀幾首湊孫舊作有感

兩年疫患隔重山，羈困埔頭心未閒。
俗慮身纏猶望掛，南洲何日惜孫顏。

志懷篇

述懷二則

其一

烏自翔飛鯉自游，奚為繞樹躍門求。
縱多去日何來苦，驥伏鹿鳴春復秋。

其二

率爾詩成未敢誇，不言桃李吐芳華。
腹藏書帙忘飢渴，明月清風作餅茶。

靜思三題

其一・靜觀

望天非打卦，袖手豈旁觀。
小駐偷閒處，悠然心自寬。

其二・靜坐

倦遊難得解鞍時，几淨窗明濾百思。
檻外風流雲未散，此身非我復伊誰。

其三・靜夜

靜夜無思竟有詩，醒來獨自俯窗帷。
霧迷人悄輕寒滲，遊息藏修各以時。

「藏修息遊」有感

望八緣何退未休，壯心今已復何求。
掀書上網瀏經藏，搜韻尋腔細訂修。
意倦憑欄思慮息，神清閒步邇遐遊。
放翁多疾詩成萬，愧我昏眸落齒儔。

初寒偶感

漠漠初寒倚晚晴，停雲常重遠山輕。
朦朧月影誰勾勒，深淺紋痕孰熨平。
重拾詩囊心結解，粗通曲藝劇場耕。
風箏線繫逍遙在，盈耳唯聞松柏聲。

輕寒凭窗偶觸

影響難追莫強追，德功言立久吾欺。
音容宛在終何在，唯見寒山永日垂。

觀書感興四則

其一・初讀順治〈讚僧〉詩

深藏母腹誰知我，自出娘胎我是誰。
難得人間來一轉，盡其在我復誰疑。

其二・重讀范仲淹〈岳陽樓記〉

物我同源一體然，何為萬事以人先。
網開但頌商湯德，麟獲戛停夫子篇。
十二靈猴悲逝歿，三雙瑞獸喜團圓。
喜悲物我難參透，造化由來道自詮。

其三．重讀蘇軾〈觀潮〉詩

廬山煙雨浙江潮，到老緣慳恨已消。
造化神工存亙古，夢隨煙雨逐江潮。

其四．重讀稼軒〈賀新郎〉詞

甚矣吾衰鬢已秋，哀哉零落痛交遊。
憶前悼晚懷平輩，縱賦停雲孰與酬。

喜悉南丫島圖書館牆刻朱子〈觀書有感〉詩

一館南丫島上開，傖夫唯笑未淹徊。
何當流水高山會，結伴乘桴盍興來。

遠赴寶蓮寺恭聽交響合唱《惠能頌》

寶蓮今夜綻千燈，交響中西頌惠能。
剛處幾疑壇佛動，柔時似見嶼霞蒸。
繞樑樹鏡參無物，引吭風幡化二僧。
未悟禪機慚俗骨，崎嶇乞諒意繩繩。

見昔年東華校訓箴言式註解高懸友校牌匾記慰

敦敦校訓字鏗鏘，八句箴言尾續長。
倦厭不曾勤德顯，濫奢莫作儉風揚。
無私無怨忠持守，休詐休疑信蘊藏。
隔代書聲如在耳，莞然誰管鬢華霜。

後記：

東華校訓為「勤儉忠信」。余於李嘉誠中學當校長時，曾作箴言式註解以勉諸生。計為：「勤：不倦不厭，全力以赴」；「儉：莫濫莫奢，恰如其分」；「忠：無怨無私，誠心盡力」；「信：休詐休疑，擇善固執」。

兩年前狼忙自悉尼回港憶窘

憶昔狼忙避疫還，難求一票卒然間。
悉尼出境重重障，赤鱲歸航道道關。
尸位狹艙餐不進，長龍列館步維艱。
兩年倏忽情猶昨，堪嘆如今疾益頑。

卅年澳港去還有感

屈指卅年彈指間，避秦返漢兩為閒。
栖惶挈婦將雛去，忐忑歸人過客還。
再戰江湖驚世易，另尋蹊徑強崖攀。
白頭未慣低吟望，惜取餘情照逸顏。

步植和兄韻致謝並寄懷

何曾入室竟升堂，少傲還教老益狂。
鴉句錯蒙群彥賞，息遊慚未善修藏。

附：植和兄原玉

〈出席胡國賢校長古典詩集發佈會有感〉

幸與高賢聚一堂，衷心誠服斂疏狂。
猶觀北海嗟河伯，智者精華拙者藏。

讀植和兄〈牆缺〉詩偶觸

牆崩難得青山補，屋破長存廣廈歌。
莫怪西窗簾不掛，為賒餘熱暖寒窩。

附：植和兄原玉

〈牆缺〉

塌牆猶幸補青山，一念雲泥指顧間。
襟見從來無限闊，寬舒身事自悠閒。

即事續句

未過千歲焉能死，誓向天公要萬年。
但得清輝相倚照，米茶同壽已欣然。

後記：

詩友植和兄傳來「未過千歲焉能死，誓向天公要萬年」二句，乃學海書樓張文粲老師前年授課時，命諸生於其前或後續二句成詩之習題。余讀之，忽有所觸，率爾操觚，聊記昨宵圓月下慶生之樂。

即事二題

其一・珍寶海鮮舫

起樓宴客酒頻斟，突塌移船嘆昔今。
莫道盆舟誰戲弄，千珍百寶十娘沉。

其二・沉舟斷電

方悼沉舟暗海中，何期斷電暮雲籠。
奇珍豈肯埋深冷，橋火無端映晚紅。
禍福剎時哀倚伏，榮枯半世嘆窮通。
百年一遇今齊遇，病樹前頭好趁風。

風球雜想

其一・八號風球

久經風雨本無思，奚事閒居意若離。
檻外蒙茸人罕見，窗前忐忑步難移。
未醒吟嘯穿林悟，愧乏襟懷破屋慈。
廣廈如山祈不動，心安遑論朗晴時。

其二・十號風球

一夜高懸十號球，此生曾歷幾回憂。
風狂雨暴千潮湧，樹倒棚傾百業收。
莫怪危言誇猛力，應憑互信濟輕舟。
瘡痍且待重療補，責自同肩福自求。

讀報偶觸

千古文章千古事，誰云得失寸心知。
審評當是評工拙，舍取何由取法規。
柳井淺斟名遽奪，唐宮待詔祿甘辭。
東籬莫笑終南近，日薄西山斗北移。

聞英女皇逝世有感

昔日龍歸海，今時鳳駕虹。
江山曾指點，榮辱到頭空。
不落還須落，無窮自有窮。
風雲流散後，那復辨西東。

後記：

九月九日清晨（香港時間）聞英女皇逝世消息，雖意料之內猶有戚然。復憶四十多年前毛主席亦於此日辭陽。想東西兩位元首縱曾叱吒風雲，終也流散於何其冥冥亦昭昭之間，寧不慨然！

強制驗窗偶感

問君奚事瞎狼忙，只為明文強驗窗。
偃仰何曾清積案，盤桓怕對疊盈箱。
空樞頓悟台無鏡，虛戶方知座自涼。
偷取浮生勞竟日，晚晴難得好風光。

後記：

卜居大埔逾廿載，今年終要強制驗窗。惟事前需整理近窗物品，始知案積几堆，終至盈箱疊盒，不勝勞累。惟驗窗當日，乍見空樞虛户，一室澄明，滿座涼生，風光難得。縱瞎忙其何傷！

同日兩度慶生記樂

慶生兩度綻心花，一在黌宮一在家。
校政暫拋齊祝賀，天倫小聚任喧嘩。
成蹊莞爾蒙天庇，繞膝欣然對日斜。
半世回眸文教路，有涯歸處自無涯。

七六生辰偶觸

邁古違今倍惕然，由來萬事總難全。
白頭羞對商山皓，淺學慚承泗水傳。
忘失筌魚唯任意，倚懸車馬僅蕪篇。
斲輪末技蒙君賞，伏櫪養怡枯筆延。

七七喜壽寄懷

老至耋成重七喜，嘉辰誰解箇中玄。
慣沾微恙猶存志，閒賦新詞幸有篇。
皓首妄求窮戲曲，紫荊難得強攀牽。
休譏望八為忘八，茶米相期天假年。

後記：

草書「喜」字，近似「七十七」，故七十七歲亦稱「喜壽」。

七八壽辰感悟

喜壽欣逢晉一秋，嘯吟還倚晚晴樓。
長而無述慚原壤，老尚營編羨孔丘。
兒女情深南北繫，親朋意重邇遐收。
不孤奚待居仁里，但得榆枋寄學鳩。

望八雜思

望八何曾忘八事，近憂遠慮總難賒。
牙搖飲食多宜忌，杖策觀遊避角涯。
富貴毋求求體健，兒孫莫倚倚陽斜。
從心豈慣興時嘆，溫水原來未醉蛙。

二〇二三年歲末有感

已慣悲歡又一年，死生榮辱每由天。
交遊漸落青中老，氣骨頑撐腰背肩。
對鏡牘牙猶可數，倚樓佳句待窮研。
烽煙在遠人情近，莫怪書獃坐井沿。

送寅迎卯隨想

苦盡今來吐氣揚，疫辭舊歲漸康常。
送寅是敬猶餘悸，點卯唯誠應自強。
老病久纏風骨在，櫪槽慣伏駿才荒。
守株奚待尋三窟，且效龜蛇善伏藏。

甲辰元宵偶感

豈為魚龍射虎來，非貪梢月樹花開。
州官放火徒招諷，天女燃燈幸免災。
拾翠圓釵文士撰，重明破鏡史家裁。
玉壺今夕光流處，驀地回眸亦快哉。

五四紀念日連場暴雨聯想

未仗德兄消世亂，難憑賽弟去天災。
猝然五四傾盆雨，可滌百年千疊埃。

重陽抱恙偶觸

連宵咳嗽到重陽，到得重陽涕未央。
餘唾豈如珠玉貴，蹙眉難展菊荷香。
佳筵唯悔貪籌箸，喜壽虛勞嘆趕忙。
雞黍故人明歲具，捲簾還就瘦花黃。

觀音文化節和平紀念碑祈福禮後

和平碑下頌觀音，酷日微風汗染襟。
合什仰瞻神自穆，繞三膜拜禮何深。
義生取舍懷先烈，苦樂悲慈正本心。
儒釋道同源久遠，承傳文化古垂今。

二〇二四年除夕倒數有感

倒數奚於新歲前，晚來誰個不縈牽。
眼矇腿軟原耆老，髮染牙鑲復少年。
遺矢暫無猶善飯，胡思幸在偶成篇。
亢龍應效潛龍伏，睡醒當如賺一天。

又屆年中詠曆時

又屆年中詠曆時，看圖覓句幸成詩。
休云小道無觀處，妙筆生花盼解頤。

後記：

每年均會應老友之邀，為其公司製作之下年度檯曆題詩，今年自不例外。是次主題為「妙筆生花」，顧名思義，每月一花。雖同樣率爾操觚，尚能以五言詩聯出之，幸不辱命。

診所脫牙驀見題有拙詩之檯曆記訝

訝若他鄉遇故知，驀然診所見題詩。
信非難耐牙根痛，那得重窺檯曆詞。
四月馬蹄輕踏踏，半腔危齒落遲遲。
口麻舌苦唇焦燥，幸有蕪篇解慮思。

後記：

日昨，往診所脫牙，無意瞥見桌上一檯曆，似曾相識。細看正是老友公司產品，上有余所撰題之詩聯（四月為〈詠馬〉），頓生他鄉遇故知之感。縱其後齒落頻頻，口麻舌苦，亦餘事矣。

小滿日鑲得新牙托記樂

韓公驚齒落，陸老苦牙浮。
當悔齠齡怠，徒添耄耋憂。
豁然腔舌朗，率爾粥漿流。
小滿今鑲托，新剛濟舊柔。

一周五度就醫有感

腿頸喉牙復驗腸，一周五度就醫忙。
廉頗能飯驚遺矢，棄疾停雲恨見狂。
逝者如斯川上悟，嗒然若喪竅中藏。
形夭自是無千歲，干戚刑天猛志常。

突發傻勁重染黑髮記悟

莫道人生難再少，滿頭白髮尚能烏。
改容自是尋常見，繪事當從素淨鋪。
讓座如今誰指望，登車此後孰參扶。
三千本已多煩惱，斷鶴何堪更續鳧。

染髮後反應不一有感

老夫遽發少年狂，盡染斑皤試換裝。
烏髮如新疑不惑，白頭復舊信何妨。
久違青鬢添輕健，頓失銀絲欠雅莊。
入眼各花撩亂撲，諸君請恕莽潘郎。

詠新舊照

其一

黑白無常實有常，任他垂髮接青黃。
仰觀平視優游處，歲月神偷笑瞎忙。

其二

韓齒零星語漸糊，沈腰無復昔年臞。
何堪潘鬢銷磨薄，莫笑重烏矩盡逾。

港將奧運再獲獎牌記勉

其一・劍擊奪兩金

重花雙劍奪雙金，震撼屏前萬眾心。
一瞬輝煌埋楚痛，多年汗淚浸袍襟。
功成孰解潛修苦，敗落誰憐創患深。
得失由天無咎譽，盡其在我賽場臨。

其二・泳賽奪二銅

銀銅性價比雙金，兩屆四牌憑赤心。
逐浪池中非俗物，舒顏台上證虛襟。
爭分奪秒何遺憾，東戰西征倍悟深。
追夢從來忘苦倦，還思突破樂重臨。

讀史偶觸

其一・項羽

取代當年志氣驕，拔山扛鼎孰能超。
項莊枉舞鴻門劍，九里深埋鐵盡銷。

其二・劉邦

咸陽有約法三條，分取杯羹引頸翹。
海內威加風起後，四方安守待何朝。

其三・韓信

飯恩胯恨兩難消，拜將登壇一代驕。
寵辱榮枯原有自，還思問路斬山樵。

其四・張良

椎空博浪恨沙飄，拾履受書黃石橋。
決勝運籌何足道，從容進退始逍遙。

其五・蕭何

撫民鎮國責肩挑，運餉收圖識見超。
追薦計誅成也敗，表忠忘義奈何蕭。

藝文篇

初試回文體記慎

回文初試履春冰，顧後瞻前首尾承。
苦恨意詞多複疊，鷦鷯何得化鵬鷹。

附：回文體拙詞

〈菩薩蠻．抒懷〉

靄生雲外雲生靄，海連天處天連海。
舟蕩喚閒鷗，鷗閒喚蕩舟。　倚樓晴晚至，至晚晴樓倚。豪逸笑風高，高風笑逸豪。

二〇二三古典創作回顧

詩藁方成曲本裁，新詞舊調樂乎哉。
高山流水良朋詠，白雪陽春佳客來。
短劇長篇同獲獎，苦吟即興互相催。
廣陵散續揚州慢，亂世何當活舞台。

誤闖梨園十一年：《倚晚晴樓曲本》後記序詩

誤闖梨園十一年，胡編妄撰幸沾邊。
排場未熟唯多看，工尺微通仗細研。
門外磚敲來雅玉，案頭句度入新弦。
氍毹自愧無由踏，老去周郎待鄭箋。

《倚晚晴樓詩藁》與《曲本》先後面世記盼

去年詩藁慶初成，曲本詎知今歲呈。
覓句為融新與舊，尋聲但協仄和平。
轉研舊體趨蘇子，妄闖梨園步滌生。
倚晚餘暉期未散，白頭吟望再登程。

拙文〈石室、晴樓、虎度門〉見刊於《品賞》有感

石室晴樓虎度門，景區三處幸留痕。
新詩奇句初驚艷，舊劇名篇早醉魂。
未悔四旬迷現代，還思十載化陳言。
殊途漸解分和合，古韻今詞本一源。

後記：

早前應邀為香港文學館館刊《品賞》撰文，暢談逾六十年文學創作路上三景區，包括新詩、舊詩與粵劇。今午頃接印刷精美之館刊，重覩拙文，不期有感，草為此詩以誌。

應聖言書藝社之邀暢談以新舊詩歌與粵劇寫孔子

談文論藝聖言堂，雅集群賢匯八方。
怕憶批風漫故土，慚看巍像立他邦。
新詞舊句情難盡，粵韻弦歌意未央。
耶孔同尊弘教義，天成偶得寸心藏。

後記：

曾以「文革批孔」及「星洲孔子像」賦新詩寄懷。

書展簽書三記

其一．二〇二二年簽書遇舊生記樂

少作去年迎復刻，新篇此際幸初刊。
兩回館內簽書樂，幾度攤前合照歡。
偶拾隻言同憶述，漫掀片紙互參看。
亦師亦友情長在，誰管霜華入鬢寒。

其二・二〇二三年書展簽書記幸

三度簽書體不同，新詩絕律曲詞融。
慕奇少作重刊刻，反璞老成聊混充。
未踏氍毹慚學步，怕災梨棗強求工。
出今入古更轅轍，禿筆扶持總有窮。

其三・二〇二四年書展不用簽書記閒

去年今日此場中，快閃簽書樂醉翁。
接二連三無以繼，清遊難得袖盈風。

重讀去年拙曲《少陵秋興》獲獎詩有感

去年歌子美，今歲演桃谿。
虎度窺門慎，梨園舉步迷。
當知天地闊，還覺學才低。
圈檻欣無隔，氍毹樂與攜。

《孔子之周遊列國》編演對談會後感懷

孔劇重提意未休，今時編演樂交流。
結緣端賴同尊聖，話舊毋忘共作舟。
拙句冷屏何歷歷，弦歌暖室自悠悠。
春寒難得知音聚，臢熱還慚孰與酬。

謝鄧兄贈《桃谿雪》劇照畫冊

雪詠桃谿正六旬，彩圖蒙贈自彌珍。
斑斕頁頁形神活，光影幀幀色相真。
武打提槍瞪怒目，文場斂衽鎖深顰。
悲歌慷慨猶盈耳，厚誼隆情滿掌春。

拙劇《揚州慢》即將首演贈杜太

陸佑堂前過客匆，殊途終究路相通。
運籌藝苑稱巾幗，試筆梨園話塞翁。
花落幸留癡蝶舞，曲成還待雅弦融。
揚州慢劇氍毹現，隔代芸窗夢竟同。

後記：

杜太為資深粵劇班主，蒙其賞識，余據福基兄《蝴蝶一生花裏》一書改編之粵劇《揚州慢》即將首演。想三人均先後畢業於港大中文系，機緣巧合下成就此劇，誠美事也。惜福基辭世經年，未能參與其盛，不無憾然！

《揚州慢》響排後有感

貿闖梨園笑暮年，杏壇桃雪試繁弦。
響排此日同心力，圍讀當時共鑽研。
喜看英姿鑼鼓活，還憑威武火薪傳。
案頭再得台前奉，一夢揚州代友圓。

《揚州慢》首演後寄懷

十年磨劍嘆才庸，虎度深門幸有縫。
聖蹟初編慚節擊，桃谿苦撰未塵封。
漫成白石情癡憾，欣見高台戲味濃。
皓首難窮天下學，賞心誰管已秋冬。

謝眾詩友為拙劇《揚州慢》贈詩

屯門竟爾化詞門，曲水群賢贈雅言。
絕律同工深寄寓，梅琴有恨各詮論。
一生花事迷癡蝶，半闋揚州困苦鴛。
愧我胡編勞眾友，拋磚引得玉何溫。

粵劇金紫荊頒獎禮上喜見拙劇《揚州慢》獲獎及《半日閻王》重演

煙火輝煌場外放，紫荊場內燦然開。
勵行矢志緣弘藝，進德全心為育才。
新秀名伶同領獎，長篇短撰幸登台。
方看半日閻王演，欣悉揚州慢劇回。

欣悉拙劇《揚州慢》將於四月載譽重演記慰

揚劇三年載譽歸，晚晴蓬室驟生輝。
紫荊金獎蒼顏幸，白石青衫素志違。
若使葉溪無蝶影，那教泥燕剪春衣。
氍毹點滴襟前汗，望化聲情滿座飛。

後記：

拙劇以福基（葉鳳溪）兄生前所著《蝴蝶一生花裏》一書為本編撰而成。有幸獲獎，並將於四月重演。想兄當莞爾九泉，無憾矣！

拙劇《半日閻王》獲獎有感

桃谿半世苦經營，半日閻王半月成。
龜兔難言誰勝負，龍蛇莫辨孰論評。
窄門積雪容君立，樂苑新田待客耕。
得失有時緣際遇，狂歌低唱自陶情。

後記：

《半日閻王》取材自《喻世明言》。適逢第三屆粵劇金紫荊劇本創作比賽，乃率爾操觚，竟半月成篇，並有幸獲獎及首演。回想拙劇《桃谿雪》，構思自六十年代末，去年始能搬演，歷經半世紀。劇如人生，際遇得失，孰能辨解？

拙劇《廣陵散》初稿撰後記慨

亂世如何活，眾生誰可脱。君臣兩倒顛，鹿鼎群爭奪。在野竹林歌，入朝蘆席割。馳車哭路窮，獻策求名渴。諤諤痛嵇康，廣陵從此抹。

三看粵劇《拜將台》聯想

一時拜將台前耀，半日閻王殿上爭。
劉呂寡恩權位重，項韓相惜死生輕。
餐麋英布吞還吐，追信蕭何敗也成。
夫婦君臣兄弟義，人間地府孰能評。

後記：

三看《拜將台》，忽爾聯想拙劇《半日閻王》。同以漢初君臣恩怨為本，刻劃人性，惟取材手法，各有不同。試妄自揉合二劇之旨，草為此詩，殆不吐不快耶？

藝術節《短篇粵劇：民間三孝義故事》觀後

守城求鯉痛陳情，三劇弘揚孝義名。
能養甘承冰雪酷，尊親何懼劍刀迎。
願嘗湯藥仁心現，盡廢肉刑忠諫成。
武打文場全力赴，梨園接棒有新聲。

註：

三劇分別為《雲英繼父守城》、《王祥卧冰求鯉》與《緹縈陳情救父》。

詠短篇粵劇《戲說八德》

粵劇新篇四德崇，節迎藝術樂其中。
渾身解數台前汗，量體裁衣幕後功。
取舍唯求今古滙，短長難得實虛融。
弦歌雅俗齊觀賞，禮義毋忘貫恥忠。

後記：

忝為是次藝術節粵劇項目之學術顧問，除與輝哥三度合作外，還能與兩位年輕編劇初度拍檔，何其幸也。

第七十六屆香港學校音樂節粵曲決賽觀後

黌宮業界共栽苗，廿五年來心血澆。
此際雛聲重響遏，行雲流水泛新潮。

粵劇《夢・幻・大劈棺》賞後

劈棺三度演莊周，結局何殊孰更優。
死別自戕慚改節，生離痛斥怒成仇。
甘為蝴蝶迷花夢，樂得逍遙比翼遊。
莫問鼓盆歌內意，滿場唯醉子平喉。

觀「愛心歡諧戲曲夜」洪海演出有感

宋張同是此三郎，上幕詼諧下幕莊。
白鼻笑呈癡漢貌，抛鬚怒殺蕩娃狂。
正邪角色何揮灑，唱做功夫盡闡揚。
傳送愛心憑粵韻，洪洪藝海豈尋常。

利舞台廣場「長平影像六五影集展覽」觀後

利舞台前遡墨痕，那無虎度更無門。
煥然帝女呈新貌，念爾紅梅悼故魂。
圖像難尋當日影，標題猶是昔年言。
繁華未散遊人散，古意遺風孰與溫。

桃花源《帝女花》專業版公演有感

桃花源內帝花開，好戲連場沓至來。
幻影浮光呈巧技，名伶新秀匯高台。
承傳經典非趨步，筆削文詞豈砌堆。
今古共融聲色藝，是非褒貶孰能裁。

聞粵劇《萬世流芳張玉喬》為簡又文原創觸悟

萬世流芳張玉喬，追源溯始話今朝。
信非簡氏原先創，那得唐生後續描。
學者深研何扎實，名伶細繹更精雕。
案頭德教高台演，代有奇葩共灌澆。

後記：

此劇為芳艷芬戲寶之一，一九五四年首演，編劇為唐滌生。惟有傳本為學者簡又文於四〇年代初原創，因無人問津，其後獲芳姐賞識，始交由唐氏改編。若是，此劇當為學苑與梨園合作之先驅。

元旦新光戲院觀新秀演粵劇《辭郎洲》有感

爭先繼後赴崖門，守土勤王有野村。
洲岸郎辭留誓矢，艇船妻勇保忠魂。
昔年雛鳳啼輕試，此日青苗技足論。
元旦新光輝舊影，承傳代代未黃昏。

粵劇《新武俠》觀後

錚錚新武俠，唱做打俱精。
紅袖除奸宦，丹心鬥妒英。
智擒憑虎豹，勇闖脱傷驚。
生旦渾身汗，轟轟盡掌聲。

凌雲寺聽箏二題

其一・粵韻雅聚

佳節良朋聚，尋幽踏翠坡。
凌雲無俗客，古剎有清歌。
妙手箏弦弄，新聲曲韻和。
蕪詞初試就，樂煞老廉頗。

其二・雨中聽箏

凌雲三訪雨偕行，敲罷禪鐘坐聽箏。
流水高山輕按抹，平湖秋月漫澄明。
戰風慷慨心魂攝，化蝶翩蹮耳目盈。
徵羽宮商彈指過，繞樑方覺滴檐聲。

後記：

三訪凌雲寺均遇雨，惟是次素宴之餘，可敲鐘，復聽箏，幸甚。《流水高山》、《平湖秋月》、《梁祝》以外，復有初聆之《戰颱風》。動靜剛柔，慷慨翩蹮，盡揮灑於彈指間，誠高手也。聽雨僧廬復聽箏，人生幾何！

午看粵劇暮賞評彈記忙中樂

無事忙來樂且安，午看粵劇暮評彈。
清音繞梟輕飄瓦，浮想聯翩大劈棺。
茶館曲終纏蝶夢，海軒香泛落珠盤。
還思踏月中庭駐，莫笑閒人步履跚。

主持樂圃講座重遊虎豹別墅復聞即將交還當局觸感

虎豹無形尚寄魂，唯憑樂圃認餘痕。
晚晴小駐迎新翠，賸景重遊惜舊園。
傳頌詩詞清韻匯，闡明格律雅篇存。
曲終盼莫弦歌輟，來日重開別有門。

敬和阮眉前輩生日詩

人生奚用論秋冬，遊息藏修貫始終。
但得開眉琴阮弄，光陰百二尚嫌匆。

附：阮眉前輩原玉

紛紛瑞雪進寒冬，驚覺流光近歲終。
九六高齡成昨日，人生百載感匆匆。

贈葆輝二題

其一・先後擔演《倚晴樓七種曲》二女角：絳雪與長平

守得雲開見葆輝，倚晴雙烈一身歸。
高山絳雪紅袍卸，又換長平哭殿衣。

其二・驚悉「輝・鳴藝舍」停運

輝煌未展暫韜光，鳴隱今時葆蕊芳。
藝苑曾經當顧盼，舍卿誰解息修藏。

悼念港澳撰曲名家方文正

以誠舒筆耀蓮荊，掌板撰詞誰與京。
文不在茲君別後，正音何處覓方貞。

文化中心觀山東話劇團《孔子》首演復憶十年前孔子粵劇同地首演感懷

十年孔劇演文宮，粵藝精研魯藝豐。
此際聲光何震撼，昔時唱做自清通。
見南尚有珠簾隔，去國竟無妻淚濛。
各展其長弘聖德，由來異曲喜同工。

川劇《李亞仙》觀後

其一

勸夫刺目為憐才，折得瓊枝用血栽。
薄命何堪逢薄倖，人間豈獨李仙呆。

其二

牀頭金盡愧清才，丹桂閒栽荳蔻栽。
雁塔名題終有日，難辭薄倖笑伊呆。

阮兆輝《老人與他的海》觀後

藝海縱橫一放翁，為償夙願貫初衷。
穿今越古憑光影，做手行腔顯唱功。
太上忘情人有志，巨魚騰骨我猶雄。
任教身毀毋言敗，隔世知音中外同。

話劇《蘇東坡・五年黃州》觀後

也無風雨也無晴，但道心安寄此生。
考卷曾經眩伯樂，諷詩何惜惱公卿。
黃州五載醒還醉，赤壁三篇虛亦盈。
妾慧妻賢棠棣愛，牛池灣畔看分明。

電影《破・地獄》觀後

地獄破來神鬼驚，人間何處沒哀鳴。
一方天隔難相見，四海萍飄各自征。
倒數乘車風景在，執迷守禮墨規成。
存亡休問誰超渡，賸骨餘灰淚勿傾。

策劃編輯　張軒誦
責任編輯　張軒誦
書籍設計　陳朗思

書　　名　倚晚晴樓詩藁・二編：胡國賢古典詩集
著　　者　胡國賢
出　　版　三聯書店（香港）有限公司
　　　　　香港北角英皇道四九九號北角工業大廈二十樓
香港發行　香港聯合書刊物流有限公司
　　　　　香港新界荃灣德士古道二二〇至二四八號十六樓
印　　刷　美雅印刷製本有限公司
　　　　　香港九龍觀塘榮業街六號四樓A室
版　　次　二〇二五年五月香港第一版第一次印刷
規　　格　特十六開（150×210mm）二五六面
國際書號　ISBN 978-962-04-5630-5
　　　　　© 2025 三聯書店（香港）有限公司
　　　　　Published & Printed in Hong Kong, China.

封面由單周堯（文農）題字